L'ENVIE CONFONDUE

OU

LA VERTU GLORIFIÉE

POÈME

DONNÉ POUR RÉPONSE A LA *GAZETTE DE PARIS*,
DU 11 AOUT 1859.

Par Ad. BRACHELET.

Prix : 50 cent.

PARIS,

CHEZ LEDOYEN, LIBRAIRE-EDITEUR,
GALERIE D'ORLÉANS, 31, PALAIS-ROYAL.

1859

L'ENVIE CONFONDUE

OU

LA VERTU GLORIFIÉE

POÈME

DÉDIÉ AUX ÉCRIVAINS CATHOLIQUES, ET DONNÉ POUR
RÉPONSE AUX NOMBREUX IMITATEURS DE LA *GAZETTE DE PARIS*,
JOURNAL ENNEMI DE LA DÉCENTRALISATION INTELLECTUELLE,

Par Ad. BRACHELET,

Prix : 50 cent.

PARIS,

CHEZ LEDOYEN, LIBRAIRE-ÉDITEUR,
GALERIE D'ORLÉANS, 31, PALAIS-ROYAL.

1859

L'ENVIE CONFONDUE

OU

LA VERTU GLORIFIÉE.

Les génies vertueux sont les trésors des nations,

***

Les grandes pensées nous viennent du cœur.

(Vauvenargues.)

INTRODUCTION.

Secouons la torpeur du ténébreux Morphée ;
Que Paris se réveille aux nobles chants d'Orphée.

(1) Au temps où nous sommes, la plupart des écrivains sont égoïstes et monopoleurs à l'excès. Nous citerons à l'appui de ce fait, pour exemple notable, le n° de la *Gazette de Paris* du 11 août 1859 ; l'article est intitulé : *Centralisation et Décentralisation* ; on ose y tenir déloyalement ce langage au sujet des poésies chrétiennes : « Le siècle n'est pas aux poésies de M. de Laprade : notre génération prend le livre, le livre lui glisse forcément des mains.

Malheur aux langues mortes !

M. de Laprade (dont je suis loin de nier les facultés poétiques) est bien un des prophètes, un prophète sans le savoir, peut-être, de votre décentralisation. C'est l'éloignement de Paris, direz-vous, c'est sa séquestration vo-

Déroulons, aux regards, un sujet sérieux,
Simple, mais de tout temps, écrit au front des cieux.

Respire dans mes vers, ineffable harmonie;
Fais jaillir sous mes doigts la puissance infinie
De ta lyre magique au rhythme solennel.
Nous venons célébrer l'arbre de l'Eternel.
Arbre aux doux talismans, notre Eden sur la terre,
Dont les suaves fruits sont : génie et lumière!...
Le chemin de la vie est un sentier glissant,
Où des faibles mortels marchent en chancelant.
— Arbre mystérieux au sublime feuillage,
Viens soutenir leur cœur : hélas! dès leur jeune âge,
Des folles passions la raffale en fureur
L'agite trop souvent comme une tendre fleur;
Prodigue-nous tes biens, ô palmier tutélaire!
Ta sève succulente est riche et salutaire.
Communique ton baume aux souples arbrisseaux
Entés sur ton écorce, altérés de tes eaux ;
Et que ton divin tronc, ô merveilleuse tige!
Montre en ses rejetons et splendeur et prodige!...

---

lontaire en province, qui ont conservé au poète de *Psyché*, cette pureté de pensée qu'on tache si vite à Paris. Les baisers platoniques qu'il reçoit de la muse seraient devenus, là-bas, d'obcènes attouchements. — Laissez donc! Victor Hugo n'est-il pas aussi *pur* et aussi religieux que M. de Laprade? etc... »

Voilà comment MM. les Centralisateurs de la capitale admirent les œuvres de l'honorable M. de Laprade, l'auteur immortel des *Poèmes évangéliques*, et nouveau membre de l'Académie française. — Quand nous écrivons pour écrire, oui, nous ennuyons naturellement le lecteur; mais lorsque nous écrivons pour l'éclairer, en l'édifiant, les gens sensés ont alors le courage de rendre hommage à la vérité, et conséquemment à la vertu.

PREMIÈRE PARTIE.

Quand, placés ici-bas, pour suivre le destin ;
Obéir à ses lois, l'Evangile à la main ;
Quand, d'un certain mérite, un citoyen fait preuve,
Souvent l'on aperçoit des gens pernicieux
Vous lançant tour à tour leurs rets insidieux ;
Des minois renfrognés, décriant la jeunesse,
Qui vient les offusquer par ses traits de sagesse,
Ses talents, ses vertus... ; ces Centralisateurs
S'en érigent toujours les injustes censeurs ;
Sans la moindre pudeur ils se donnent pour juges,
Et dans leur propre cause ; usant de subterfuges,
Blâment sans rien entendre, ou sans montrer l'écrit
De leur compatriote et qui les contredit.
Ils savent discourir, d'une façon frivole,
Pour pervertir le goût du public bénévole ;
Traiter, en s'en moquant, des graves questions
Qui concernent l'honneur même des nations.
Mais parfois on les voit qui se crispent dans l'ombre,
Y restant affublés d'un caractère sombre ;
A tout mortel crédule ils glissent leur venin,
S'efforçant vainement de calmer leur chagrin ;
Car ils vivent de ruse ; et sans patriotisme,
Abusent l'esprit faible à force de cynisme.
Oui, dans des régions du monde social,
On voit mille écrivains faire de leur journal
Le miroir de l'Erreur ; et puis l'Humeur altière,
De son orgueil, parée, élever sa bannière ;
La brutale ignorance et l'incivilité

Tenir lieu de raison, comme d'aménité.
N'est-on qu'impérieux, partial, sans prudence,
On se croit un phénix, un type de science.
On voit des faux rêveurs, ces anges de la nuit,
Qui voudraient foudroyer le plus moral écrit,
Asservir à leur joug la céleste parole,
Et faire de la presse un hideux monopole!...
On sait comment nommer tous ces beaux raisonneurs,
— Bourreaux des nobles cœurs et des sages penseurs,—
Travaillant pour l'impie et son fol égoïsme,
Niant de la vertu la force et l'héroïsme.
Dans le siècle actuel, où l'on doit conserver,
Nous le reconnaissons, pour améliorer;
Où la faveur domine, autant que le mérite,
Nous le reconnaissons, la nation hérite
De tous ces intrigants au naturel sournois,
Ennemis du progrès et fiers de leurs emplois,
Privant de liberté nos hommes de génie,
Ces anges éternels de paix et d'harmonie.
    Quand, placés ici-bas pour suivre le destin,
Pour invoquer ses lois, l'Evangile à la main;
Quand, d'un certain mérite, un citoyen fait preuve,
Et de justes pensers l'un de vous donne épreuve,
Sous le voile anonyme, enfin, l'esprit railleur
Joue un rôle odieux de calomniateur...
De l'homme indépendant il ne peut souffrir l'œuvre;
Il s'attache à ses pas; et comme une couleuvre
Le darde jusqu'au cœur pour lui donner la mort...
Le travail, c'est la vie et le bienheureux sort,
Mais qu'importe? il ternit les vocations saintes,
Et trahit son mandat; hostile aux justes plaintes,
Il exalte à plaisir la médiocrité,
Raffolant de Paris et de célébrité!...
Il n'attaque jamais l'ennemi face à face;
Et se montrant jaloux de cette illustre race
Des apôtres du jour, loin d'être leur appui,

Il insulte à leur gloire en n'admirant que lui !...
Au discours des journaux qui portent sa bannière
C'est de Paris toujours que nous vient la lumière ;
Qui séjourne en province ? Hélas ! des gens de rien.
Jésus de..... Nazareth n'est qu'un homme de bien...
Et comment nomme-t-on ces mortels sans courage,
Fomentant dans leur sein la fureur et la rage ?
Qui veulent de l'esprit mal gouverner l'essor ;
Consacrant leur amour au culte du Veau d'or ?...
Perfides corrupteurs, rien de beau ne les touche ;
Il faut un piédestal à tout ce monde louche ;
Sa factice éloquence endoctrine les cœurs,
Et forme à la cabale une foule d'auteurs.
Comment appelle-t-on ces gracieux zoïles,
Tous ces fiers mécréants aux âmes si faciles,
Ces monstres sous les fleurs, ces serpents venimeux?
Vous l'avez deviné, c'est le monde envieux !...

. . . .

Ce n'est pas sans raison que parmi les grands vices,
Figure au premier rang son tissu de malices.
Pour lui les bons avis n'ont pas force de loi ;
Et si de nos penseurs un modeste et grand roi
Fait des cœurs vertueux sa couronne de gloire,
S'il n'aspire qu'au prix d'une belle victoire,
Evite d'afficher la médiocrité
Et sort avec éclat de son obscurité,
Oh ! ses meilleurs conseils seront de mauvais ordres.
Oui, dans la France, hélas ! encor de tels désordres...
D'indignes préjugés, dont le pouvoir affreux
Aveugle tellement ce monde malheureux,
Que pour lui tout soleil se trouve sans lumière.
Voulez-vous le sauver de sa profonde ornière ?
D'outrages et de blâme il va vous assaillir;
Avec sa boue obscène il va vous accueillir.
Soyez son bienfaiteur, affrontez son écume,
Il vous abreuvera de fiel et d'amertume.

Jaloux de vos succès qui lui fendent le cœur,
Il découvre sa plaie et pâme de douleur...
De honteux cauchemars lui livrent cent batailles.
Il voit venir pour vous le jour des funérailles,
Et vous suivant vêtu du linceul sépulchral,
Il se montre attendri... Par scrupule moral
Il vous consacrerait des éloges funèbres;
Mais taisant son passé, tristes jours de ténèbres...
Consacrez votre vie à la gloire des cieux,
Sur le monde jetez vos rayons lumineux,
Il parlera de vous, chacun devra le craindre,
Ou plutôt, il sera plaisant et fort à plaindre...
Du chrétien courageux aiguillonnant le cœur,
Il lui rend justement le préférable honneur ;
Il ne s'aperçoit pas que la haineuse envie,
De son dard constamment attaque le génie ;
Que l'histoire en tout temps nous exposant les faits
Déroule le tableau de scandaleux méfaits.
Oh ! race de Caïn ! Une folie extrême
Te conduit à juger du Sage par toi-même,
A croire qu'il agit sans pure intention,
Mû par tes intérêts, s'enflant d'ambition ;
Bien des mortels, hélas ! cherchent la vaine gloire,
Mais nos dignes croyants dédaignent leur victoire.
Tu contestes qu'au bien on soit prédestiné,
Qu'on puisse aimer ce sort pour lequel on est né ;
Mais peux-tu le savoir, toi, pétri d'indulgence,
Qui d'un tel fait, dès-lors, n'a pas l'expérience ?
Combats-tu pour le ciel, toi, qui jusqu'au trépas
Vers l'abîme infernal dirige tous tes pas ?
Fuis d'éternels remords, et sens la turpitude
De payer des bienfaits en cris d'ingratitude ;
Que ton cœur de rocher, vide d'humanité,
S'enflamme désormais au feu de charité ;
Sa chaleur tutélaire épure toujours l'âme,
Brûle des préjugés la déplorable flamme ;

Et plein de majesté, ton cœur beau d'action,
Au grand jour produira sa forte explosion.
Oh ! tu commencerais alors par bien comprendre
Certains secrets divins qui peuvent tout apprendre.
Tu dirais, convaincu, que c'est en s'entr'aimant
Que notre esprit s'élève, et non en dénigrant ;
Tu verrais le néant des sciences humaines,
L'éclat faux et trompeur des doctrines mondaines ;
Tu comprendrais alors la sublime unité
Des principes féconds de la Divinité.
Vers les cieux monterait l'encens de ta prière ;
Tu vivrais, en un mot, dans une autre atmosphère...
On ne peut ici-bas, couler des jours heureux,
Si l'on ne veut sortir du monde ténébreux,
Voir de l'ordre moral les lois et l'harmonie,
Intarissable puits des charmes de la vie ;
Se rafraîchir aux eaux de l'amour du prochain,
Océan de la vie et du bonheur divin !...
On goûte cette joie, en devenant *sensible,*
Bon, juste, libéral ; et sans effort pénible,
L'esprit humain alors et s'envole et grandit,
Bien qu'au pays natal souvent il soit maudit.
La sensibilité, mais c'est la vertu mère ;
Par sa noble puissance elle nous régénère ;
Ses bourreaux devant-elle, abattus, désarmés,
Au doux son de sa voix ont été tout charmés.
Puis elle inculque en nous sagesse du génie,
Inébranlable amour pour l'immortelle vie ;
Inspire le moyen de se faire chérir
De cent blasphémateurs portés à la flétrir !...
Le juste du dédain a toujours bu la lie ;
C'est à la foi qu'il doit sa sublime folie ;
Il prouve bravement qu'il sait porter sa croix,
Et que l'amour du Christ est l'amour de son choix.
Pour les mortels ingrats à l'air fat ou sauvage,
Qu'ils sèment leurs poisons et redoublent de rage,

Les versant par torrent aux mortels généreux ;
Eux seuls persécuteurs auront le sort affreux,
Et ne connaîtront pas les élans frénétiques,
La douce paix de l'âme aux transports séraphiques,
Le feu sacré d'amour au contact détersif,
Qui ravit en extase un chrétien expansif ;
Eux seuls perdront l'éclat du plus beau diadème,
L'auréole des saints et le bonheur suprême ;
Eux seuls sauront nier que le juste ait vécu
Pour reprendre et bénir ceux dont il a vaincu,
Et qu'il puisse fléchir l'esprit despote, inique,
Armé de ce précepte et de ce glaive unique,
L'or triomphal du riche et de l'homme indigent :
« La vertu rend heureux ce monde intelligent. »
Eux seuls viendront nier que dans ces temps d'épreuves,
Les grâces du Très-Haut, comme d'abondants fleuves,
Aient constamment charmé les humains vertueux,
Esprits observateurs unis aux bienheureux,
Dès le jour où puisant à des sources sublimes,
Y baignèrent soudain ces âmes magnanimes !...

DEUXIÈME PARTIE.

Grand Dieu ! notre sujet n'est encor qu'effleuré.
Mais nous n'avons rien dit ; d'un doux espoir leurré,
Nous pensâmes en vain avoir dépeint l'Envie.
En reportant nos yeux sur ce monde et sa vie,
Nous découvrons encore un immense tableau
Qui nous dit : « Ici-bas, où tout te semble beau,
« Sous ce brillant soleil, mortel enthousiaste ;
« *Tout n'est que vanité*, te dit l'Ecclésiaste.
« La terre est un exil où nous portons la croix,
« Et le Sauveur du monde en a donné les lois.
« Puis cette vanité, de l'Envie est la fille ;
« Bien d'autres insensés l'adoptent pour famille. »
    Oui, combien d'artisans et de penseurs fougueux,
Façonnant à plaisir et leur culte et leurs Dieux ?...
Arrière, Francs-maçons !... Au loin, faux philosophes !...
Vains sectateurs auxquels nos justes apostrophes
De droit s'adresseraient, hélas ! si la pitié,
Qu'inspire leur erreur et leur inimitié,
N'en formait à nos yeux le plus puissant obstacle.
Nous ne dirons qu'un mot du funèbre spectacle
Offert publiquement à tous les citoyens,
Quand le Maçon superbe, au souvenir des siens,
Dans la tombe arrivés, consacre des prières.
Le lundi soir, ornant de ses draps mortuaires,
Sillonnés de flambeaux, sa loge et son autel (1),
Tout passant aperçoit son éphémère autel...

(1) Du moins, c'est ainsi que se passe cette cérémonie
dans nos provinces du nord, où le lundi, la plupart des
ouvriers ne travaillent qu'une partie de la journée.

Du deuil, de la douleur nous respectons l'emblême,
Mais nous déclarerons, au nom du Sauveur même,
O piètres défenseurs de l'esprit égaré,
Et du fatal orgueil, encore ici, paré,
Qu'il vaudrait mieux donner, suivant vos fantaisies,
Dans votre asile obscur vos fantasmagories :
Du culte catholique à jamais triomphant
Vous détestez la pompe et son éclat touchant.
Soit encor ; mais daignez, O Maîtres, Vénérables,
Orateurs, mieux aimer nos chrétiens estimables ;
Renoncez à l'espoir de leur en imposer
Par vos signaux trompeurs, que l'on voit exposer
Aux regards des croyants qui, d'un noble sourire,
Vous disent tour à tour : « O frivole délire!... »

Mais vous nous répondrez : Parmi nos sectateurs,
Il s'en trouve de grands, méritant nos honneurs.
Nous vous répliquerons : Nous le voulons bien croire,
Mais en conclurez-vous que le roi de la gloire
Se trouve satisfait de vos profanes vœux ?
L'Eglise de Saint-Pierre ouvre aux chrétiens les cieux;
« Avec vous me voilà jusqu'à la fin du monde, »
A déclaré Jésus, en vous ma grâce abonde ;
Je veux un seul troupeau, je veux un seul pasteur.
Renier cette Eglise est-ce plaire au Seigneur ?
Les Saints—Pères, pourquoi frappent-ils d'anathême
La Franc-maçonnerie et son suspect système?...
Chers lecteurs, n'adoptons pour chef sacerdotal
Que l'évêque de Rome ou le pasteur légal;
Purs de soucis rongeurs et riches de prudence,
Les ministres du Christ, dieux de l'intelligence,
En vénération à nous supérieurs,
Resteront pour jamais vos dignes directeurs.

Tes fébriles accents, fausse Philosophie,
Nous présentent les traits de même anomalie.
A des nuances près ton irréligion

Offre un même motif de malédiction.
Tu méconnais aussi le prix tout merveilleux
Du dogme ou de la foi qui nous ouvre les cieux:
L'homme fut-il martyr, ange par son supplice,
Les fleurs du paradis le consolent du vice ;
Avec persévérance il oppose aux abus
Le suave parfum de nouvelles vertus.
Sa poésie éclipse avec grandeur ta prose,
Et tu fuis toute épine attachée à la rose :
Loin du monde, bannie, elle vit en exil,
Mais son bon ange et Dieu nous sauvent du péril...
A ces grands coups d'Etat soutenus du miracle
Elle sait se soumettre ; et bénir ta débâcle,
Sans jamais nous ravir la sainte liberté
De parler politique et selon l'équité.
— Et puis que dirons-nous de ce luthéranisme,
Secte d'impiété, dite protestantisme?
Elle brise le joug de toute autorité,
Pour y substituer sa propre volonté.
Nos mœurs et notre Foi, la chute originelle
Et nos saints Sacrements sont attaqués par elle.
Le sentiment cupide et l'amour des plaisirs,
Même dans leurs excès, enflamment ses désirs ;
Elle permet aux grands jusqu'à la bigamie,
Et blasphème à plaisir, touchant l'Eucharistie.
Enfin la vanité lui dicte ses discours,
La splendeur des élus lui manquera toujours.
Et tous ces beaux-esprits, dépourvus de croyance,
Ne comprennent jamais la sainte Providence
De créer tant d'humains, souffrants et malheureux,
Même sous l'œil du riche au front audacieux.
— Ils ignorent, hélas ! que notre divin Maître
A frayé, le premier, le chemin à connaître,
— Le chemin de la croix —, jonché de belles fleurs
Au milieu des chardons de toutes les couleurs...

Régénérez ce monde, ô chrétiennes familles !

Il vous faut notre amour et celui de nos filles ;
Il est beau pour le ciel d'élever des débats
Et d'oser face à face en venir aux combats,
De confondre le vice en montrant la lumière,
Le fanal éclatant d'une contrée entière.
Il est digne, il est beau d'affranchir de leurs fers
Des humains endurcis qui gagnent les enfers.
Pour un péché mortel, dans l'abîme effroyable,
Satan venant plonger notre âme impérissable.
Est-ce donc le péché qui vraiment nous condamne ?
Tout mortel est pécheur. Un crime à part nous damne ;
Est-ce la médisance ou l'adultère ? Non.
Le meurtre, le larcin, la fornication ?
D'immondes voluptés ? Non. Est-ce l'avarice,
L'égoïsme et ses maux ? Non ; ce n'est pas ce vice.
Ce qui perd les humains, c'est l'endurcissement ;
C'est l'orgueil inflexible et son aveuglement,
Conséquence du vice !... Effets abominables
Du refus d'avouer des fautes pardonnables...
Comment ? Un chrétien sait que par l'humilité,
Par la componction et bonne volonté,
Jésus nous donne accès, loin du lieu des supplices,
Au séjour éternel d'ineffables délices !...
Et quoi ! par l'humble aveu du plus coupable écart
Aux trésors infinis nous venons prendre part ;
Et puis pour adorer la Puissance suprême
Et reconnaître en elle une clémence extrême ;
Pour louer un Dieu juste et rémunérateur,
Immuable, éternel, et parfait créateur,
Ne vouloir pas fléchir devant ce Dieu sublime,
Et violer ses lois dédaignant son estime,
Quand souvent l'homme est loin de montrer ce dédain
Pour les puissants du jour ; quand, pour l'appât du gain,
Lorsqu'un fol amour-propre en une âme domine,
Elle rampe pour l'or, l'honneur vain qui fascine ?
Oui, l'inflexible orgueil blesse le Roi du ciel,

Et sans pitié nous vaut son enfer éternel !...

. . . .

Régénérons ce monde, ô famille honorable !
Il nous faut son amour ou sa haine implacable.
Pour le juste il convient d'élever des débats,
Et d'oser face à face en venir aux combats.
Du choc d'avis divers jaillira la lumière,
Dont rayonne le Roi du ciel et de la terre.
Il est digne, il est beau, sous l'œil de l'insolent,
De ranimer la foi dans un siècle indolent.
L'odeur de sainteté nous enivre de joie,
Ses parfums enchanteurs montrent l'heureuse voie.
Nobles soldats du Christ, arborez sans retard,
Arborer pour jamais ce charmant étendard :
« La vertu, le bonheur, la droite intelligence ; »
Lot divin du mortel, pauvre ou dans l'opulence.
Sans jouir ici-bas de l'infini bouheur,
Nous pouvons savourer du calme intérieur
Un plaisir enivrant qui tarit nos alarmes ;
Le pain divin des forts nous abreuve de charmes...
La pure conscience est un riant bosquet,
Où loin de nous flétrir, un magique bouquet
Aux célestes parfums chaque jour vient éclore
Enrichi d'une fleur dont le mortel s'honore.
Que ce charmant trésor est digne de nos vœux !
De quel bonheur l'admire un chrétien vertueux !
Et pour un fiancé quels attraits offre-t-elle?
Quels doux transports d'amour pour l'âme chaste et belle !
Quels charmes de pudeur et de naïveté
Dans ses gages d'espoir et de félicité !
L'éclair de sa raison, en captivant le monde,
Lui donne ses rayons purs et beaux comme l'onde ;
Et sa postérité brille de son esprit,
Des feux sacrés du ciel dont le cœur se nourrit ;
On voit ses fils soumis au vœu des circonstances,
De leur vocation obéir aux instances.

Goliath ne rit plus…, vaincu dans nos combats,
L'ennemi prend la fuite, et n'a plus de soldats
Pour soutenir l'impie en proie à ses blessures,
De balles transpercé, couvert de flétrissures !...
Oui, leur muse est féconde en merveilleux produits ;
Car des grands cœurs naîtront toujours les plus beaux
fruits.

Qui sème la vertu récolte la lumière ;
Il ne faut que de Dieu la faveur salutaire,
Et le juste l'obtient…. Mais nos muscles glacés,
Nos communes erreurs, nos doutes mal placés,
Viennent souvent vibrer sourdement dans notre âme ;
Sur l'église de Pierre on jette à tort le blâme….
Ta bonté, ta justice, ô Roi de l'univers,
A fait bien des ingrats, des cœurs durs et pervers ;
Pour nous qui connaissons notre indigne faiblesse,
De ta majesté sainte admirons la sagesse !
A tes pieds humblement prosternés de ferveur,
Toujours adorerons ta sublime grandeur !...
Nous le reconnaissons, de misérables vices,
D'ambitieux désirs causent tous nos supplices ;
Soucis, ennuis, voilà nos fers particuliers ;
L'orgueil oriental et ses maux par milliers
Troublent la paix du monde ; et l'Europe surprise,
Voit la force brutale oublier notre Eglise !...
En vrais soldats du Christ, déployons nos drapeaux ;
Combattons ce vain monde en vaillants généraux :
Puis le Roi de la gloire, en tête de l'armée,
Dirigera nos pas ; et sa voix tant aimée,
Dira : « courage, amis ; car vouloir, c'est pouvoir. »
Oui, mille souvenirs ne font pas le savoir,
L'homme a dans son modèle un foyer de science ;
Mais toute humeur altière, en sa folle ignorance,
Éclate aux yeux du monde ; en vain nos vrais penseurs
Montrent partout le doigt, du chef des orateurs ;
Tous les martyrs du vice et les faux philosophes

Font du patriotisme au sein des catastrophes ;
Tout le sang des humains, au bruit de leur canon,
Coulerait goutte à goutte et même sans raison...
Mais s'ils font sourde oreille à la sainte prière,
Des sages Souverains, au salut de la terre,
Savent veiller en rois ; et louer nos efforts.
En écoutant toujours les célestes accords.
— Notre égide d'airain, « Pratique et théorie »
Fait briller en tous lieux le flambeau du génie !...
Les qualités du cœur font celles de l'esprit :
Quant aux exceptions l'homme voyant s'en rit.
Des esprits infernaux, colportant la souillure,
Ont terni de tout temps, par leur hideuse allure,
L'éclat de la vertu, les saintes vérités;
La morale du Christ aux sublimes beautés ;
Mais n'ont pas ébranlé par tout leur verbiage,
Par l'attrait de leur style et leur dévergondage
La foi du vrai croyant, du sage et des élus,
Ces candidats du Ciel, du Très-Haut soutenus ;
Ils méprisent toujours les honteux artifices
Tendant à les priver des célestes délices !...
Les qualités du cœur changent à l'infini,
Le genre de l'esprit n'est donc pas défini.
L'étude pure et simple en ouvrant ses domaines
Ne nous offre jamais que des fatigues vaines.
C'est elle qui produit ces beaux-esprits follets...
Pareils aux papillons, ces nombreux farfadets
Battent nos champs riants de leurs ailes volages,
Dédaignant pour séjour nos ravissants parages.
Mais, consolant contraste ! Au sein de ses labeurs,
La vertu sait jouir d'incroyables douceurs ;
Et présente à nos yeux l'intelligente abeille,
Qui prévoit l'avenir, travaille à sa corbeille,
Et coule de beaux jours sous un ciel radieux,
En propageant le goût de ses fruits merveilleux.
Aux vertueux mortels nos couronnes de gloire !

Des immortels lauriers pour prix de leur victoire !...
    Mais nos contradicteurs pourront nous dire encor :
« L'homme tient de sa souche ; il prend un libre essor
« Plus ou moins volontiers pour la célèbre course. »

    D'accord ; la volonté du génie est la source ;
Puis la persévérance est pour tous les mortels
Leur vaste observatoire aux présents éternels.
Dans les desseins de Dieu quoi de plus équitable !
Oui, dans l'ordre moral et providentiel,
Éclate la grandeur du monarque du ciel !...
Il donne à l'univers toujours d'illustres hommes ;
Et regardés de près, ils sont ce que nous sommes.
Mais notre point de vue ou nos moins douces mœurs,
Et nos goûts personnels ont différé des leurs.

    Lecteur, de ce sujet vois la magnificence ;
Et daigne suppléer à mon insuffisance.
Sans oublier mon but et même mon désir,
Conserve mon tableau pour simple souvenir,
En usant d'indulgence en faveur de ma plume
Faible à montrer les feux dont le juste s'allume
Pour la palme des grands dignes de notre amour.
Du Séjour de la gloire aime l'éternel jour !..
Et si tu ne pouvais t'enrichir de ses charmes,
N'accuse que l'auteur... Mais au nom de ses larmes,
Oh ! savoure à ton tour, savoure la vertu !...
Pour ne pas la chérir quel homme serais-tu ?
Jésus est notre frère !... Au Sauveur nos hommages !
De tous ses serviteurs bénissons les ouvrages.
— Pour nous, pauvres humains, que pouvons-nous vouloir?
— Remplir fidèlement d'état notre devoir;
Car les hommes lettrés sont, certes, redevables
Envers le Tout-Puissant, de comptes redoutables,
Comme tous les mortels comblés de ses faveurs,
Qui ne redoutent pas l'impie et ses clameurs.

Oui, dis-je, au Roi des rois consacrons notre vie ;
De sa religion propageons le génie,
Même dans les périls et les calamités,
En louant les cœurs purs et nos Célébrités.
Mais nous le déclarons, les chrétiens vont ensemble ;
Il sied à la raison, comme au bon sens, il semble,
De dire tous en chœur et de chanter d'abord
Dans l'élan fraternel d'un unanime accord.

Régénérons ce monde, ô famille honorable !
Il nous faut son amour ou sa haine implacable,
Pour le juste il est beau d'élever des débats,
Et d'oser face à face en venir aux combats ;
Du choc d'avis divers vient jaillir la lumière,
Dont rayonne le Dieu du ciel et de la terre !...
Il est grand, glorieux sous l'œil de l'insolent
De ranimer la foi dans un siècle indolent.
L'odeur de sainteté ravit l'âme de joie,
Ses parfums enchanteurs montrent l'étroite voie ;
A peine est-il connu, ce céleste chemin,
Qu'au prix de tout son sang y reste un faible humain.
Ses abords sont baignés par le canal des grâces,
Marie en a la garde... Elle sait nos disgrâces,
Et les douleurs du corps. Des hommes sensuels
Elle commande en reine aux mouvements charnels,
Calme des passions jusqu'aux fureurs profondes
En versant dans les cœurs ses virginales ondes.
Dans ces lieux saints, Jésus, précédé de sa croix,
Nous visite (en personne), en nous donnant ses lois.

. . . .

Pensez-vous, chers lecteurs, que pour la Providence,
Pour de pareils honneurs, grands poètes de France,
Ministres, souverains, ne voudraient pas quitter
Leur glaive temporel ?... et que pour habiter
L'incomparable cour du céleste royaume,
Nous devions éblouir et puissions tromper l'homme ?

Non. Plaçons bien nos goûts et nos affections,
Car le bonheur dépend de nos perfections.
Dans le siècle actuel il reste encore à faire ;
Qui le nie ? En tout temps nous aurons à parfaire.
Pourquoi tant de soldats dans ce siècle de paix ?
D'un pacifique Empire émanent tous bienfaits.
Dussions-nous l'acquérir par la condescendance,
Que prouverait ce fait ? Suprême prévoyance.
Les fléaux de la guerre aux pirates d'Alger ;
A l'Europe moderne il faut la ménager,
L'amour de guerroyer peut rester aux barbares,
Mais pour nos nations que de tels maux soient rares.
Dans l'état de nos mœurs l'empire du canon
Ne doit plus remplacer l'éclair de la raison.
Que d'antiques budjets !... que de terres stériles !...
Laissons-les cultiver par des bras inutiles.
Oui, que nos gens d'honneur, sans désister jamais,
Recherchent dignement l'éclat du nom français ;
Qu'ils soient récompensés par la Mère-Patrie,
Ces pieux écrivains, vrais soldats du génie !...
Envers nos bienfaiteurs ne soyons pas ingrats,
Eussent-ils fait parfois guerre sainte aux états ;
Qu'adviendra-t-il alors d'une telle prudence ?
Libre, prospère et grande enfin sera la France.

Pour vous, gens de labeur, qui devez votre pain
Aux sueurs de vos fronts, aux travaux de la main,
Vous nous imiterez... Quand, dans vos jeux d'adresse,
Vous méritez si bien votre prix de justesse,
N'avez-vous pas d'abord le raisonnable soin,
Avant que vos amis prennent tout leur entrain,
De placer votre but de façon favorable,
Sous peine de commettre un acte impardonnable ?
De même il faut fixer l'objet de vos désirs ;
Prendre pour point central, Dieu, source des plaisirs ;
Car amour, bonheur, gloire et lumière féconde,

Jaillissent des vertus du Rédempteur du monde,
En vrais soldats du Christ arborons sans retard,
Arborons pour jamais son superbe étendard :
« La vertu, le bonheur, la sainte intelligence ; »
Lot divin des mortels, pauvre ou dans l'opulence.
Le trésor des vertus, c'est Dieu ; son Fils, le Christ,
L'Intelligence même ; enfin le Saint-Esprit,
Le Bonheur infini. Voilà notre héritage,
L'homme étant par l'esprit de Dieu la noble image !
Oui, pour le juste Amour, Gloire et Félicité !
Ton mystère divin, ô Sainte-Trinité,
Ou le signe de croix, savoir : au nom du Père,
Du Fils, du Saint-Esprit, met sa force en lumière !!!...

Adolphe Brachelet.

Paris. — Imp. de Moquet rue des Fossés-Saint-Jacques, 11.

PARIS. — IMPRIMERIE MOQUET, 92, RUE DE LA HARPE.